著

川河，且听我歌

陕西新华出版传媒集团

太白文艺出版社

图书在版编目（CIP）数据

　　石川河，且听我歌 / 杨英武著. -- 西安：太白文
艺出版社，2020.6（2023.2重印）
　　ISBN 978-7-5513-1785-6

　　Ⅰ.①石… Ⅱ.①杨… Ⅲ.①诗集－中国－当代
Ⅳ.①I227

中国版本图书馆CIP数据核字(2020)第008835号

石川河，且听我歌
SHICHUAN HE, QIE TING WO GE

作　　者　杨英武
责任编辑　蔡晶晶
插　　图　秦　娟
封面设计　张旭峰
版式设计　董文秀
出版发行　陕西新华出版传媒集团
　　　　　太 白 文 艺 出 版 社
经　　销　新华书店
印　　刷　三河市嵩川印刷有限公司
开　　本　889mm×1194mm　1/32
字　　数　90千字
印　　张　8.5
版　　次　2020年6月第1版
印　　次　2023年2月第2次印刷
书　　号　ISBN 978-7-5513-1785-6
定　　价　46.00元

- -

目录

石川河，且听我歌

不知　流淌了多久

一泻　竟是万里　千年

留落的

何止是万千感慨

时而　枯干了眼泪

时而　热血般沸腾

虽然　弯曲了心智

毅力却彰显着信念

即使　伤痕累累

也从不曾回头

不知　滋养了多少田园

像仁慈的母亲

一旦　敞开心扉

广袤的

何止是绿水　青山

时而　哺育了繁华

时而　肥沃了使命

偶然　也模糊了初心

但毅力却从未动摇

依旧坚定不移

不知　穿越了多少壁垒

每一次跨越

都有惊喜

都有震撼

时而　穿透了爱憎

时而　磨秃了锋芒

不管　奔涌的

是怒吼的河流

还是七彩的福音

刺激得文人墨客

让冷漠的文字和音符

也动情地

抒发成奋发的华章

激发着一代又一代　仁人志士

为信仰砥砺前行　前赴后继

月依然明

一

月依然明
家乡美丽的容颜
却血泪纵横

月依然明
却再也捕捉不到
父亲如雷的鼾声

月依然明
却再也聆听不到
母亲不厌其烦的叮咛

月依然明

却湮没了曾经

媲美星辰的万盏灯光

二

月依然明

千万只手

已伸向一个个脆弱的生命

月依然明

家乡的小路上

忽然平添了

不少陌生的面孔

月依然明

残垣断壁间

似乎还是儿女的身影

月依然明

山水间

已冒出蓬勃的希望

月依然明

破损的家园

已渐渐恢复昔日的容光

写于汶川地震之时

走不出母爱的磁场

母爱　宛如

雨露阳光

不管你是否乐意接纳

她总无私地赐福于你

—— 即使在遥远的异乡

也撕心裂肺般

牵挂

屹立

在寒风里

为波涛中

沉浮的孤舟

垂泪

可你始终

猜不透

——她是哭

还是笑

心之桥

萌发的那日

母亲多了一分牵挂

不管是否愿意

总珍藏着不肯归还

有那么一天

辞别母亲

去了遥远的彼岸

于是　心与心

架起了一座永恒的桥梁

——一颗　屹立在寒风里

　　一颗　浮沉于波涛中

母爱

孕育之春

希冀之根

已植于硕秋

尤在　盛夏寒冬

心切切

牵挂肝肠

膜拜　上苍

为波涛中

浮沉之舟

祈祷

滴血成溪

—— 哭了

　　笑了

为了 一个
又一个
梦幻

金秋的父亲

沉甸甸的收获里

栖息一年溢彩的渴望

重现又一幕喜剧

一腔的炽热

一脸的沧桑

一柄七彩的镰刀

雕刻出

一幅古朴的版画

古铜色的孤影

挥舞于金灿灿的田野

展示

属于自己的辉煌

十三岁那年

十三岁那年

父亲绝望地松开

牵引兄妹的手

顿时　美丽的童年

被噩梦击垮

十三岁那年

母亲孤单地托起

兄妹幼小的生命

瞬间　蓬勃的青春

被不幸羁绊

十三岁那年

兄妹舍弃一切奢望

挥挥小手

抹一把冰冷的泪

一路相依相伴

把一切阴霾掩埋

苦命的奶奶

　　爸爸还未出生的时候，爷爷已经去世，所以爸爸从未见过爷爷。奶奶三十一岁守寡后，独自一人苦心抚养着爸爸，一生没有再嫁，直到八十三岁去世。而且，不幸的是，爸爸在奶奶八十岁那年，比奶奶更早离开了人世。

苦命的奶奶
腐朽的缠脚布
扭曲了那双秀脚
又如何包裹
穿越幸福的夙愿

苦命的奶奶
孟姜女寻夫的传说

非要您去演绎

对贞节牌坊的守望

竟耗尽

一生的青春

换取

苦命的奶奶

冰冷坚硬的日子

剥落了一口皓齿

对蜜糖般岁月的向往

竟一遍

又一遍

用牙床咀嚼

苦命的奶奶

白发送黑发的苦痛

熬干了又一盏油灯

即使迷惘了

依然寻思着为儿孙圆梦

苦命的奶奶
肆虐的野风
玷污了坟茔的花蕊
就算化作魂灵
也在为儿孙栽植富贵

山那边的爷爷

爷爷　山那边

有你的情人么

为何顾不上跟奶奶

亲吻一下

就已匆匆上路

煎熬的奶奶

老在村头守望

美丽的青春

被轻狂的山风

折磨成一具骷髅

爷爷　山那边

有你情人的儿女么

为何无视爸爸风浪中的召唤

就已匆匆上路

无助的爸爸

只能在你远去的背影里

眼巴巴地盼望着

直到苦难的尽头

爷爷　山那边

有你情人的儿孙么

为何无心让我骑一下

你的大马

就已匆匆上路

孤零零的我

只能跨上飘零的云彩

鹏程万里

啊　阿姨

阿姨　天为何

突然就坍塌了

一下子

血肉模糊的我

再也摸不到你的纤手

阿姨　太阳为何

突然就消失了

漆黑中的我

一点也看不清你美丽的脸

阿姨　我的鼻子里

为何只弥漫着血腥

一点也嗅不到你亲切的气息

阿姨　这里

为何这么死寂

怎么一点

也听不见你的教诲

和你悦耳的声音

阿姨　我的手

为何还这么瘦小

怎么也擎不起

破碎了我希望的

那沉甸甸的楼板

阿姨　天堂的路为何

这么崎岖

你快告诉我

明天的路该怎么走

阿姨　你没教我怎么求生

为何扔下

我孤零零一人

我哪里敢接受

这么残酷的考验

阿姨　这里为何

这么沉闷

窒息的我

无法呼救

你抱着我

快去找妈妈

阿姨　我们都要找妈妈

啊　阿姨

写于汶川地震之时

22

放飞你——宝贝

宝贝　你听说了吗

我是你的至亲

你是我生命的风筝

我牢牢地牵着你纤细的线绳

小心翼翼地放飞

唯恐突然间不小心

使你被狂风撕裂

将你脆弱的一端

抛弃在我苍凉的旅途

宝贝　你知道吗

我是你的至爱

你是我生命的希冀

满心欢喜地筹划

千锤百炼地打造

唯恐某一日不留意

使你金贵的翼翅摧折

连同我对爷爷的许诺

一并葬送在

祖辈共谱的

那曲美妙的乐章

风义正气
挥斥方道

惜别

就这样

悄然飘去

像一朵不定的云

消逝时

落下永别的泪水

湿漉漉

模糊了我的双眼

容不下

便溢出

渗入

遥远的思念

于是　心中

升起

一座高山

流出

一片汪洋

山上

顶着一轮明月

水中

也映着一轮明月

苦透的日子容易酿成蜜

一座座山哟

一道道沟

一捧捧沃土哟

一辈辈人

磨破了粗布鞋哟

耗尽了血汗

谁说山秃沟荒哟黄土贱

谁愿穷根苦命哟无富路

挖一镬泥土哟眼巴巴盼金秋

垒一生贫穷哟心怜怜筑金屋

一滴汗水哟摔八瓣

就是心不甘

心不甘

家乡的小石桥

家乡的小石桥
是一弯美丽的彩虹
飘舞着乡民的七彩岁月

家乡的小石桥
是一朵永不凋谢的花
炫耀着今朝的五彩缤纷

家乡的小石桥
是一座多彩的舞台
演唱着少男少女的情歌

心醉的童年

星星般顽皮的童年

宛如绽放的迎春花

虽是流星一闪即逝

却牵着我魂儿游荡

美丽了稚嫩的梦幻

那首

光着屁股在河里摸鱼的歌谣

至今　仍漂浮在

家乡那

潺潺的小河里

甘甜得令我心醉

寻找童年的太阳

童年的记忆

穿越无数蹉跎的岁月

犹如一张皱纸

再也无法　折叠

乘风破浪的海船

在暮色里

悄悄地　扯碎它

流着失意的泪

看一群小朋友

在雨后放飞童趣

抹一把苦涩的微笑

偷偷地抓拍下心中

这颗童年的太阳

卖奶

天　依然

黑咕隆咚的

却已　披星戴月

大声吆喝着

把奶羊唤醒

惬意地欣赏

喷泉一样汹涌的乳汁

哗哗地流淌

自豪地炫耀

自己那大大的奶桶

三五成群

叽叽喳喳

像喜鹊一样

扭着优美的秧歌

从自家的院门里飞出

感动得晨雾和露珠

也热泪盈眶

结晶成浓浓的希望

一并盛入桶中

洁白的乳汁

在里面欢呼雀跃

喜悦溢满山村

所有的辛劳都化为

幸福

装入口袋

手　捏了

又捏

感觉踏实

又满足

因为　希望依旧

在心头萦绕

因为　还有明天

也许　明年

还会赢得更多

春风大雅能容物

找一个爱我的人

总是独自

在梦里

乘一叶孤舟

一次

又一次颔首

祈求上苍

让岁月的小溪

倒流

好去寻觅

迷失的你

虽然

从未相信

真的会有来生

却依然痴痴地

呼唤今生

未曾携手的你

任撕心裂肺的

企盼

在多情的小溪里

漂流

奢望

幸运地寻一位

至尊的红娘

让有缘的你我

一定相拥

在来生

青果

在你微笑的绿荫下

秋风　早已

扯裂了枯黄的叶片

在你呼唤我的窗口

再也没有春风吹入

你没有转告热情的夏日

我哪里会明白

将要离去的情绪

失去的

包括你愤怒的眼睛

岁月的巨轮　粉碎了

仍在温床的爱憎

还未成熟的心灵之果

流淌着苦涩酸甜的汁液

啃了一半

才知道

不该去采摘

思念

静寂的夜晚

打开所有孤独的门窗

放飞久已难耐的思念

伸手

摘取天空

最亮　最亮的星星

嵌成最美　最美的项链

对着深邃的苍穹

虔诚地

戴在你白皙的脖颈

—— 珍爱一生

走出咖啡屋

多少次　我

陶醉在咖啡屋

不经意　痴爱

将杯子跌落的声音

击碎

透过窗外明媚的阳光

爱魂　在每一块碎片上

曝光

于是　捧起

映射着我的爱心

挥挥手

跌跌撞撞地

遗弃在咖啡屋

岔道

误会　塑造了姻缘

天空太多情太善感

眼睛却充满忧郁

即使周围的空气

也沉闷得喘息

又一场梦幻　诞生在

蜜月

都说走错了路

是在旅途　还是岔道

从梦中醒来　还是迷路

牛郎　织女编织着

天上的悲剧

没有一个法庭

敢庄严地受理

即使授权给律师

感情的罪过

也用不着别人

辩护

不知你是否满意

已并肩走过了一个又一个春秋

酸甜苦辣的日月都已体验

心底里　原本没这么希望

可我所能展示的都已表现

不知你是否满意

能厮守相伴是今生今世的缘分

磨难和幸福同样无法回避

承诺里　我不该忽略这些

为你　我已经变得憔悴

不知你是否满意

夏夜　并不孤独

夏夜　固执地散着闷气

依　无风的窗

凝视璀璨的星辰

多情的你——

无缘无故哭红的眼

泪水盛满

饥渴的酒杯

共饮　对着浩瀚的天空

星星是唯一的旅伴

夜　被涂抹成黑色

锁不住痴情的星光

幽会　于寂寞的窗口

让缕缕忧伤拥抱

分手

分手　是一杯

新酿的苦酒

既然　注定要饮下

就无须　忧郁

否则　会腐烂了创伤

携手的日子

天气挺好

分手

哪会巧遇阴云

多几分依恋

总比多几分痛苦　浪漫

何必　要注入

往日的缠绵

重新酿一杯美酒

免得增添

心中的负荷

47

酷焚

蹒跚地跨越

一座又一座情愫的山峰

眼前　依旧

一片苍凉

像心潮起伏不定

面对重重山峦

呆滞的目光

凝重得

像山石一样冷峻

站着　蹲着

似乎都在蜷缩着

颤抖地伸出麻木的双手

点燃无望的野火

撕裂的　燃烧的

似乎早已不是雪白的纸片

是火的颜色

染红了纸的色彩

还是纸的色彩

感染了心的颜色

—— 火在怒吼

　　　纸在呐喊

　　　心在滴血

燃烧殆尽吧

为了风　也因为风

燃烧殆尽吧

因为青烟　也为了青烟

其实

我们早已不属于自己

——抵挡不了风沙的肆虐

因为我们早已将爱

供奉给了

这个无奈的山林

爱不由己

是盛满童话的纤手

还是洋溢着梦幻的眸子

竟然醉得如此深沉

以至于把所有色彩

都寄托给花蕊

是前世的造化

还是今生的尘缘

竟然爱得如此痴迷

以至于把春天当成赌注

是昔日不起眼

还是今朝太炫目

竟然像歌迷般癫狂

一旦陷入就一落千丈

因为春天深情的召唤
为了今秋共同的夙愿
才如此
义无反顾
才如此
身不由己

淅淅沥沥的记忆

那把雨伞

还撑在我心里

那缕芳香

还挂在我鼻尖

不要走开

那淅淅沥沥的记忆

你不该为我

把雨天转晴

使我的眼睛透彻明亮

再也抹不去

你的情影和微笑

你不该

送上你童心的雨伞

好让雨把我淋个痛快

让雨水把你的芳香

从我的鼻尖洗掉

好让雨雾蔽住你的疼爱

既然　你执意要送我一程

就不应甩下诱人的再会

永久地扔下我和

淅淅沥沥的记忆

雨季

一个神奇多梦的雨天

我默默地等待着

那撑着花伞的姑娘

—— 那淅淅沥沥的记忆

我仍孤单

行走在椭圆的球面

也系着我不停地打转

谁说地球引力大得惊人

—— 能吸住大海

我却孤寂地独居

不就那么一丁点儿历程

几十个春秋

也没能相聚

白云就在心头

辛劳

像热情的媒婆

诉说着衷肠

热泪洒满了江河

错过了　谁来偿还

都说我们

近在咫尺

好像鼻子和嘴巴

一张口

便有一缕缕温情相依

都说我们

近在咫尺

好像眼睛和眉毛

虽然很难相见

彼此却相互庇护

一条道

便是一条爱的天河

量得出它的胸围

却越不过它的鸿沟

你说

还不是时候

在心里

我这样申诉

错过了　谁来偿还

真想站在荒无人烟的旷野

像屈原怀才不遇地呼号

然后悲壮地溺死在汨罗江

算是对你无奈的申诉和控告

我终究不是

从眼角流出的眼泪

挂在嘴角

也品尝不出一丁点儿滋味

只在耳边隐约听得到

那凄凉的哀叹

对面那炊烟里的清香

是任何天河

也斩不断的通途

它将漂泊

直到温情溢满天河

爱你

爱你　像爱

一束鲜花

花凋谢了

美丽却永远

盛开在我心里

爱你　像爱

一本名著

书本腐烂了

智慧的河水

却永远流淌

在我的血液里

爱你　像爱

一幅精美的字画

线条陈旧了

艺术的魅力

却永远感染着我

爱你　像爱

一座冰山雪峰

冰雪融化了

圣洁的心灵

却永远绽放

在我的心田

爱你　像爱

一片无际的大海

万里波澜隐退了

博大的气概

却依然

在我心中激荡

爱你　像爱

一株小草

叶子枯萎了

春天的希望

却孕育

在我的生命里

思無邪

夢玉

不泯的村干部

昔日的穷根太深

魔鬼般缠绕着

祖祖辈辈的梦想

走出魔掌的你

也从未灰心

攀缘着先辈和

村人的企盼

召唤着犀利的镰刀

期望着

有朝一日

在自己的手中

把它彻底斩断

依着被岁月剥蚀得

早已破败的军装

佝偻　憔悴的身影

至今　还沐浴在

村子温暖的阳光里

蓬勃地绽放在

新农村的春色里

傲然屹立在

村民深情的心目中

今日的富路太长

纵横交错

一眼望不到头

一旦抓住

一根致富稻草

就不曾撒手

宁肯放弃

都市高薪的邀请

毅然　决然

用依旧年轻的生命

惨烈地与死神

决斗

三间破旧的土屋和

沉甸甸的十万余元贷款

是留给妻儿最后的遗产

对"管子"的牵挂

却演绎出一曲悲壮的

引领乡亲

奔向富裕大道的绝唱

和你一道朝圣

——写在路遥逝世十五周年之际

岁月的鞭梢

用虔诚

把冬日的记忆

再次召回

母亲的粗布鞋

临摹别样童年

绽放的血泡

震颤崇山峻岭

崖畔的枣刺

伤透苦楚梦幻

老黄牛一般倔强地匍匐

历练出的双手

驾驭着《车过南京桥》的那架马车

从延川小站驶出

承载着《人生》

驶向《平凡的世界》

一路

呼啸着

奔向圣殿

总爱迷失的你

在我模糊的泪眼里

似乎又把月亮

当成太阳

续写悲悯人生

深跪在柳青的墓地

抑或在梦里

祭拜——

是为追寻惜别的苦涩

还是为体验夸父的浪漫

是去告慰和皈依大师

还是为启迪和升华睿智

身后

络绎不绝的信徒

是你不泯的信念

我和你一道朝圣

马云

一匹天马

眺望财门

叱咤商海

自由破浪

一团雪白的云

在下

是天的臂膀

智慧的座驾

托着梦想

朝拜硕秋

莫言　莫言

一觉乍醒

垂涎得

已有些绝望的

何止　你一人的光环

笼罩了

眼前斑驳的小径

尽管　仿佛

还在梦中

但已不偏不斜地

扣在了

你莫名耷拉的期盼里

惊愕得晕眩了片刻

之后

你惊异地发现

喜鹊像一位先知

早在枝头

为你

也为自己

高唱着久违的歌谣

可你心里

感到那么憋屈

对此　原本自己

理应有许多感悟

此时　你的意念

已随别样的秋风

虚脱得像苍凉的柳絮

奔涌出阵阵感怀

如老家院落里被踩踏的青苔

一番苦痛之后

胸襟倒愈发坦荡了

但还是踌躇的

莫言

独有殷红的血

依旧在天边

流浪

低垂着

高傲的头颅

翘望

大师渐行渐远的项背

彳亍　前行

以另一种寂寥的方式

向着昔日

预定的轨道

偏移

再偏移

野菊花

——致打工妹

一

是山野的菊花

盛开在寒秋

走出荒芜

是久违的向往

都市的美丽

在儿时　已绽放

在床头的画里

脑海中　早已

烙下深深的企盼

姐妹的络绎前往

萌发了太多的神往

遥不可及的诱惑

遮挡不住懵懂的情怀

曾经的静谧

霎时　演化成

夏日　聒噪的蝉鸣

往日的和谐

被憧憬惊扰

遗落家门

却丢不掉嘱咐

抛弃山村

却割不断乡情

二

车　依旧

在绕来绕去

宛如弯弯曲曲的心情

离故乡的云彩越远

就愈加忧愁

即使孤单地在

陌生的闹市迷惘

感觉依旧在旅途奔波

少了来时的轻狂

虽然　早已眩晕

似乎还在四处碰壁

像茫茫大海中

颠沛的孤舟

怎么也找不到

梦中的港湾

三

微笑是城市的尤物

不管能否愉悦

时刻阳光般灿烂

忙碌是城市的脉搏
不管是否洒脱
即使喃喃梦呓
也追逐着飞转的车轮
在不停地臆想

少有的暇隙
是别人的恩赐
故乡的影子
不失时机地光顾
亲人热情的问候
又在村头守望

偶然闪现的泪花
是父亲的寄托
母亲的叮咛

瞬间 把乡思烤焦

四
城市似乎只是

你生命的背景

离开了绚丽

总显得苍凉

城市似乎只是

你人生一张

没有底片的照片

仅供你偶然怀旧

别指望随时炫耀

依恋

还是　依恋

而且　越发依恋

似乎已成顽疾

无法弥合的思乡的伤痕

惧怕回家
哪里是不想家
只是每回去一趟
回家的渴望
就越渺茫
总怕林立的大厦
阻隔了回家的路

还得这样
漂泊　哪怕
承载太多的牵挂
背负再多的奢望
即使招来更多的指责
遭受太多的误解
也只能背叛
哪怕一生
找不到航线

乞丐·吝啬鬼·富翁

——致一位因公牺牲的交警

读你　像读

一个现代乞丐的故事

—— 手里捧着一个

令人炫目的"金碗"

里面盛满沉甸甸令贪婪者

梦寐以求的权利

自己却不知其中的美味

依然衣衫褴褛　骨瘦如柴

欣赏你　像在

欣赏一部关于吝啬鬼的连续剧

面对骨肉的苦苦诉求

冷酷地抛出

一柄斩断名利和依赖的长剑

让他们在你遭受讥讽

依然高大威严的影子里

体验藏在你心底

闪烁在警徽上的誓言

写你　像在

写一位富翁的发迹史

黑压压为你送行的敬仰者

是你一生无价的财富和回赠

无言的敬佩和缅怀

是世间任何一位亿万富翁

也无法拥有的财富

拾荒者·隐士·先驱

——致柳青

不洋不土的拾荒者

悄然埋没于村中

那古朴的田间　地头　农舍

在黄土地的大幅画绢上

没日没夜地

采撷色彩

捡拾果粒

不洋不土的隐士

远离都市

蛰居穷乡僻壤

在肥沃的日子里

汲取灵感

丰润文学

不洋不土的先驱

抛弃安逸

独行　在荆棘上

泣血的《创业史》

至今　沉甸甸地

在追随者的心头

栖息

总记得……

总记得

毕业时　你的模样

见到你

才知道

记忆早已陈旧

—— 像没来得及撕碎的日历

总记得

分别时　你已有的成果

见到你

不得不耻笑自己的贫瘠

—— 像一位衣着华丽的乞丐

总记得

分别时　你苦苦的告慰

见到你

才感悟出

每一句话的真谛

——像儿时解答了一道难题

总记得

分别时你甜甜的祝福

见到你

才悟出

每句祝词的内涵

——像吃了一粒苦涩的药丸

一个残缺的句号

——致三毛

就这样

踏上　归途

将这段深情

遗落

悲歌　顿时

化作深深的遗憾

沉沉的失落

难道　非要

走这条残忍的路

—— 一生的辉煌

　　一生的艰辛

　　一生的追寻

一生的期待

轻率地画成一个

残缺的句号

—— 一滴血溅的泪

　　一段猜不透的情

　　一个破碎的梦

难怪　洛宾老人

说你太怪——

太怪的生活

孕育了太怪的你

太怪的你

创作了诡异的悲剧

你还年轻

生命之树

依然翠绿　茂盛

花儿也刚刚盛开——

凋谢了

就无法再开

知道吗

你这残缺的句号

这里……

——致女交警

这里

没有魔幻般旋转的舞台

听不到超女的呼唤

喧嚣穿梭的车流

在大地的五线谱上

演奏最优美动听的旋律

这里

不是血与火的战场

听不到轰隆隆的炮声

然而　拥有

指挥千军万马的将军

任何一个手势

都是行军的号角

这里

没有海滩沐浴般浪漫

没有攀登冰峰雪岭的气势

伴随春夏秋冬的每一句祝词

都献给了平安归去的兄弟姐妹

这里

没有手捧金奖的体育王子

也造就不出红得发紫的歌星　影星

傲立在平凡岗位的英姿

却无一不是捍卫

这一荣耀的巾帼

我不知道

——致勇士

我不知道

夏日为什么这般炽热

竟然　把一颗冰冷的心烤焦

只在干裂的空域

响了几声沉闷的思考

我不知道

冬天是否还会结冰

但盛夏的余晖

像流淌着热血的海洋

让我只看见殷红的希望

我不知道

激情的源泉是因何而干涸

在你灵魂的山林

寻到的仍是雷锋

饥渴的甘霖

天　依然晴朗

不知道

空气为什么干渴得喘息

在我残喘的空域

却下着空灵的雨

致平民英雄

也许　只是

偶然碰到

也许　只是

无意间邂逅

也许　还是

没有心理准备

也许　还是

有所犹豫

也许　太年轻

总被人爱怜

也许　太年迈

连走路都不稳

也许　太瘦弱

总被人保护

也许 太胆小

见了耗子都胆怯

也许 还

不是少先队员

也许 还

不是共青团员

也许 还

不是共产党员

然而 一旦

有人掉进井里

你一点也没迟疑

然而 一旦

有人被歹徒胁迫

你一点也不畏惧

然而 一旦

有人落入河中

你一点也不怕被水淹死

然而　一旦

有人被大火所困

你一点也不怕被火烧死

因为　曾经

受人民的哺育

因为　曾经

受英雄的熏陶

因为　曾经

受先烈的感召

也许　这一精神

还不能在每个人身上传承

也许　这一举动

还不能让所有人刻骨铭心

也许　这一故事

还不是非常感人

也许　这一过程

还不一定让人铭记

可是　你

就不在乎

其实　你

就没奢望

原本　你

就没指望

何况　你

不曾想到会当英雄

和谁在一起

与千千万万个司机

相同

每日穿梭于城市的大街小巷

奔波于城乡的各条弯曲旅途

林立的高楼依旧参差错落

更替的四季依然花开花落

却在渐行渐远中觉醒

—— 我和谁在一起

与形形色色的司机

不同

在与嘉诚老板抑或马云同行

伴随着岁月的脚步

每天形影不离

一去竟是数十载

然而　当

卸下马鞍

释然转身的瞬间

发怔的何止一人

还有嘉诚自己

不只是财富的挪用

智慧的吸纳

是机会也是机遇

每个人都不见得看重

也不见得珍重

更不见得获益

長風破浪

直掛雲帆濟滄海

會有時

一生相随

没有犄角

却以牛的坚毅

将毒日头　寒夜　酸甜苦辣的日子

揉碎

抛撒在漫长的岁月

发酵成一串串奇妙的文字符号

施入属于自己的文学田地

一去　竟是数十载

身后　一行行

耕耘的足迹

踩踏出的精彩篇章

厚重而宽阔

至今　始终

丰盈着自己的苦乐年华

虽然　一开始

就没想振臂

背影

却在无声地招手

感召着　几多同伴

蜂拥着

一路无悔相随

春燕与喜鹊

春燕拉开

新天地的门闩

迎春花已在旷野

张开笑靥

纷至沓来的游客

主人似的

惊扰着山雀的梦

爬上树梢

引吭高歌

歌声　在田园的风光里

飞扬

沿着小河的曲调

流向村人喜滋滋的心田

鼓胀了腮帮的青蛙

张狂地　在荷叶上

跳起了花灯舞

与跳广场舞的女人

媲美

一曲又一曲

此起彼伏

撩拨着

含苞待放的花朵

扭着秧歌的荷花

诱惑得老人们的日子

也在旱烟锅里红火了起来

焦虑地　等待了

一年的布谷鸟

以泣血的方式

催青了大片的麦浪

连同金灿灿的希望

在四季的期盼里

又一次　绽放

金秋

在乡村静谧的傍晚

漫步　在巷子明月般的路上

身旁　站立起

一排排威严的将士

与笑盈盈的路灯

典雅的庭院

相映

定格成一幅异彩纷呈的画卷

—— 恬静而惬意

喜鹊不止一次

飞舞在村头

那棵百年柿树上　放歌

乡村跳跃式的巨变

穿过村人硬朗的腰包

彩虹般飞驰的轿车

时尚的装扮

随着四季的容颜　更迭

悄然　在头顶

升腾起

一阵阵悠远

一串串期望

石川河

一

亘古的天际

一位　圣贤

不经意

萌生了

一汪仁爱

于是　沉溺

在天地间　感悟

那无垠的大地上

一枯一荣的岁月

即兴恩赐了一曲

荡气回肠的乐章

悲天悯人的音符

如醉如梦

感化成一条

九曲回环的长河

—— 石川河

万紫千红的文明

在浪花中飞溅

至今　仍在

彳亍　彳亍

二

一位　天神

驰骋疆场

在瑟瑟的夜晚

不屈地亮剑

气概　忽隐忽现

劈开　雷电的一瞬

一把　狰狞的长矛

刺穿了　坚固的铠甲

撕裂了　悲壮的胸膛

于是　鲜血如涌泉

汩汩地流淌

沿着山脉

一泻　千里

沙石　无数次

朦胧了　沧桑的意志

意念　却向故乡

彳亍　前行

三

一位　天仙

飞舞羞涩

在风骚的河里

高贵

绽放的胴体

折服了　几多情圣

情歌　高唱了

一曲　又一曲

多愁善感的情愫

刺激了万物

牵着河流　顾盼着

一路远行

春雨

是上苍哪位演奏家

悠闲地

拨动了琴弦

于是　一个个音符

欢愉　跳跃——

醉意迷蒙

感情的潮水

一滴滴　一串串

滋润　肥美的田园

酝酿　沉甸甸的金秋

感悟春天

是天宫

哪一位画神

舞着妙笔

在大地硕大的画板上

抒发着

风花雪月的情愫

于是

开屏的迎春花

情窦初开的小燕子

穿起春姑娘七彩的长裙

踩着春风的节奏

一齐载歌载舞

尽享和谐盛世

夏雨

于奔放的六月

潇洒如瀑布

沐浴　淋漓

将干裂和污浊

荡涤得干干净净

却无力

冲

刷

拓荒者心中

沉甸甸的期盼

上路

是盛夏　这位严父

用滚烫的冷鞭

抽打原本匆匆的步履

顿时　在沉甸甸的重任上

烙下一道道殷红的期望

凝视　那不容推脱的寄托

我只能上路

朝着丰硕的金秋冲刺

秋雨

淅淅沥沥的乐曲

懒散而飘零

期待的雨季

潮湿了阵阵爱怜

像这疲惫的思念

缠绵　喧噪

走不出的氛围

至今　也说不透

雾蒙蒙

望不见你的期盼

静穆　回味

曾经编织的故事

酸楚而迷离

秋叶

也许过分欣慰

仅　喝了一杯

就已醉意迷蒙

风　挽起

你辛劳的一生

飘飘然

在临终前

体会

陶醉的韵味

蓦然　撒手

落下铮铮晚节

蚀

春天在一个昏黄的日子

夭折

绿叶和鲜花呆呆地

拽着母亲的衣襟

眼里溢满了无奈的

泪

水

——因为被残忍地撕裂了的

不仅是母亲

昔日的美丽和华贵

虽然　依然能想象出

母亲绽放时的容颜和笑意

那时

湖水映照着她的倩影

在绿波中荡漾

鸟儿在她的头顶

欢快地唱歌

情人

依偎在他们浓浓的情怀里

高唱着

一曲　又一曲

四

季

之

歌

然而　顷刻间

却化为了乌有

——是惨

——是酷

全然由颓废

去感悟

去申诉

廣言瑞

癸巳年初冬 姜玉

118

小草

我总想　对你

微笑

却笑不出真诚

我总想　为你

祝福

却翻不出满意的词句

我总想　为你

哭泣

却始终不敢面对蓝天

我总想　好好

送你一程

却怎么也撑不起

离岸的风帆

我总想　为你

喊冤

张开嘴

却寻不见诉题

噢　小草

告诉我　对于你

我该如何

祈祷

难道还这样——

长在荒坡　野岭

任凭风吹　雨打

酷暑　寒冬

乒乓球

也许太纯洁　太渺小

送给对方显得俗气

因为　幼稚

甚至　不懂得委屈

便毫无反抗地

任人推来打去

然而　始终欢快地

跳跃着

留友谊和微笑

给崇拜者享用

昙花

也许　过分清高

也许　遭人妒忌

所以　仅撩起

薄纱的一角

在暮色里　悄然

与情人幽会

热水瓶

冷嘲和热讽
都珍藏在心里
严冬和酷暑
才不屑一顾

夜

岁月之舟

驶入黑海

探索　没有航线的黎明

星星

夜里　数你最清醒

从你的形象里

我读出黎明的希冀

墙头草

即使　献媚

到卖弄风骚

即使　根植于

最肥沃的土壤

即使　自惭矮小

才踮起脚

即使　思念故乡

愁枯了枝叶

仍然　无人怜悯

无人理解

最终　还是

遭人唾弃

受人鄙视

秋实有感

倘若生命都像你一样硕果累累

何惧迈出的每一步都布满艰辛

倘若奋斗者都像你一样侥幸

何惧忍受千百次胯下之辱

倘若爱情都像你一样能带来幸福

即使化作流星一闪也毫不惋惜

倘若生活都像你一样充满希望

即使蜡炬成灰也心甘情愿

葫芦包

　　葫芦包位于富平县庄里镇永安村，是一个方圆不足一千平方米的小土包，形似葫芦，当地人称葫芦包。抗日战争全面爆发后，再次接受改编的八路军一二〇师，在贺龙师长和关向应政委的率领下，于 1937 年 9 月 2 日在葫芦包举行军民誓师大会，然后东渡黄河，奔赴抗日前线。值此抗日战争胜利六十周年之际，特写此小诗以抒情怀。

葫芦包太小

地图上找不到

葫芦包太矮

丘陵小溪也不觑

是抗日的烽火

点燃了英雄的信念

是多难的黄河

磨炼了

炎黄子孙的意志

被辱的人们

滴血的山河

激起阵阵涛声

庄严的誓言

至今

还在葫芦包回荡……

葫芦包虽小

却是抗日的一座烽火台

葫芦包虽矮

却是民族尊严的象征

冬日的月夜

冬日的月夜

雪色与月色共枕

洗涤污浊的幕帐

纯贞的爱抚

消除了往日的倦怠

冻僵了　包括月光

渗入心田

泛着苍白的光晕

把夏日的余晖

凝缩成清冽的渴望

静谧的灯光

挂在远山的窗口

—— 一颗送行的心

映照出旅途上

匆匆的孤影

试图捡起

被寒气窒息的期望

黑河之美

不易的

像一朵奇异的花蕊

在多彩的园林

独傲

艳羡得让人垂泪

难觅的

像一位深居闺房的女子

在纷扰的凡间

清高

圣洁得令人寂寞

惊奇的

像一位简约的哲人

在浮躁的尘世

修炼

淡定得令人惶恐

这条路

这条路

仿佛巨龙

舞动着身躯

在广袤的黄土地上

盘旋

从喧嚣的市井

潇洒远行

悠然穿过

一座座秀美山村

你　时而

在一座座桥梁　驻足

尽情享受

那一片锦绣繁华

你　时而

在一座座山冈　傲立

贪婪眺望

那美不胜收的远方

这条路

宛如彩虹

飘荡在三秦的胸膛

亮丽恢宏

与四季的美景

交相辉映

各领风骚

在黑夜编织

在白昼耕耘

弹奏

风格各异的乐曲

舞动

粗犷不羁的秦韵

2016 年 3 月

游药王山

多少次

拾级而上

山中　依旧弥漫

仙气和药香

贪婪　吸入

心病似乎也消失殆尽

顿时　药王

漫山采药行医的身影

随同那些

神话传说

悄然

与我同行

多少次

拾级而上

花丛中　依旧弥漫

血腥和冤魂

含泪默哀

身心俱焚

霎时　英雄

惨烈的一幕　连同

那些不屈的故事

悄然

与我同行

多少次

拾级而上

心中　总是充满

不平和不解

仰天长叹

悲愤不已

暗忖　药王

一生救死扶伤

却无力惩凶除恶

悄然

与我同行

139

游黄帝陵有感

一抬　又

一抬　拾级

攀缘　摩顶

感悟的　哪里

是你的威慑

压根是一尊

又一尊

博爱

一眼　又

一眼　举目

花丛　探究

读懂的　哪里

是你的尊贵

压根是一本

又一本

哲学

一心　又

一心　虔诚

凌虚　穿透

捕获的　哪里

是你的亘古

压根是一汪

又一汪

睿智

游延安有感

这里的山

曾经不算雄伟

自打红军登临

油然挺拔峻峭

宛如世界屋脊

骤然令世人瞩目

这里的河

曾经不算深邃

自打红军蹚过

油然波澜壮阔

宛如雄狮怒吼

气势雄冠神州

这里的人民

曾经不算神勇

自打红军挥师

油然所向披靡

个个胜似英雄

这里的风光

曾经不算秀美

自打红军装饰

宛如人间天堂

似乎风景这边独好

这里的土地

曾经不算神奇

自打红军光顾

油然富饶辽阔

宛如一片黄金谷

漫山遍野是富豪

这里的窑洞

曾经不算豪华

自打红军下榻

油然安逸舒适

宛如总统官邸

人人争相入住

这里的山路

曾经不算平坦

自打红军经过

油然美轮美奂

宛如天上彩虹

迎来四海宾朋

游金粟山有感

悠闲地

打了个盹

醒来

竟是千年

回首

已是枯荣更替

只有鸿雁姑姑

    抱子娘娘

鲜活依旧

见证着曾经的辉煌

    昔日的荣光

    今日的秀美

拾级而上的攀缘者

从峻峭的山石间

体会着亘古与沧桑

盘旋在山谷的黑鹰

时刻展示着体格的雄健

在千手观音的指缝间

盘旋

在苍松翠柏间

搏击

在慈眉善目间

膜拜

在无垠的田园山川

风流

兵马俑

是

整装待发的勇士

还是

凯旋的英雄

蛰伏在这里

是在

继续修行

还是在

指点江山

是在

展示雄健的体魄

还是在

炫耀当年的风流

解读

每一张面孔

探究

每一个心灵

所有的评语

似乎都不在乎

只是一味地抱怨

不能走出俑坑

周游世界

不能飞越俑坑

去太空云游

游海角天涯

到这里　路

似乎已经是尽头

像一位失意者

不经意被抛弃

面对眼前

汹涌的波涛

要么　彻悟

要么　殉情

到这里　梦

似乎已经破碎

像一位落魄者

莫名地被冷落

想起心中

未了的心愿

要么　随波逐流

要么　搏击长空

站在这里

站在这里

似乎依然能看见

几千年前黄河流淌的身影

一起跟着她

时而瘦了

时而胖了

迅即　又在

时而奔腾

时而匍匐

站在这里

似乎依然能看见五帝

他们

一个个迅猛地强壮了

又渐渐地衰老

老子高点明灯

彻夜挥洒《道德经》

鲁迅仰卧着黄河的涛声

品味烧猪头的幽香

站在这里

似乎依然能听见灵宝的风云变幻

历史悄悄从函谷关的缝隙中

挤过

掠过黄河睿智的头颅

在一望无际的古枣林穿行

站在这里

似乎依然能读懂

古枣林一枯一荣的沧桑

风韵千年的灵宝大枣

至今　依旧婀娜多姿地

显露着风流

站在这里

似乎依然能看见

冬日　白天鹅在翩翩起舞

夏日　荷塘与枣林相映

　　　染绿了河水

秋日　红枣禁锢不住

　　　绽开了一张张笑靥

春日　红的桃花　白的梨花　黄的菜花

　　　在争艳

　　　芳香溢满中州

春歸花不落風

静月常明

柿子

始终羞怯地

躲藏

在浓密的绿叶间

直到金秋　绽放

盈盈笑靥

灿烂可人

难怪有人暗恋

你那

忠贞不渝

温柔甜蜜的肝胆柔肠

然而

却有人一再奚落

你那　能软能硬

时屈时伸的玩世不恭

对此　你怎能

不为所动

于是　在霜降之后

开始　悄然落泪

泪珠　凝结成

一腔圣洁

验证自己

包容他人

老宅

幽幽古宅

转眼

已被风骚的岁月

剥蚀

破败得面目全非

昔日的华贵

曾在古镇的目光里

显尽风流

光彩和荣耀

每日

从这头炫耀

到那头

穿过多少

春花秋月的日子

陪伴一代

又一代

才子佳人

成佛　成仙

蓦然　回眸

已是百年流水东逝去

只留下记忆

在河中泛波

顿时　平添了几多

悲凉和幽怨

与风中残阳

交映

不由得　慨叹

老宅的风骨

犹在

柿子　柿树　采风者

树　何其多

长寿树却寥寥无几

曾经　有多少树　夭折了

柿树亦然

不想　不能　不愿

完全归咎于需要

何况　每次都另有重用

柿子大多数日子

是孤寂的

只有红透之时

才敢羞涩地

在秋风里

炫耀多情的芳容

袒露无私的胸襟

尽管　深知

自己放纵不了几天

不日　便会骨肉分离

但它　甘愿牺牲

采风者

酷似一群蜜蜂

只有嗅到花香

才会蜂拥而至

从这一棵树到另一棵树

从一片果园到另一处美景

尽情享受　赞叹

笑声响遍园林　乡村

惬意自在心中

浮尘

狂热　已

不知不觉

将缄默遗忘

与严寒决裂

火红的日月

好些天　已

干裂得喘息

一匹倔马

拖着一架老车

被沸腾吆喝着

沿着山村的羊肠古道

匆匆疾驰

马蹄扬起老高

在身后升腾起

疑团一样的迷雾

良久　才在

远去的孤寂里

渐渐散去

背街小巷

昨日　那蜷缩的日子

至今　耿耿于怀

似乎依然自卑

认为自己不过

是美丽城市的累赘

作为陪衬

似乎总躲藏在

繁华的另一面

不甘寂寞

演绎另类文明

忽如一夜

别样的景象

与大街的亮丽

交相辉映

共塑美好未来

禪輝光煌

黄素書

偶遇

偶然回首

在一背僻处

鬼使神差地驻足

俯首　拨开

一丛浓密的绿叶

眼前　骤然

跳跃起

一朵牡丹样

高贵的花蕊

正羞涩地

在清澈的雨露里

旁若无人地绽放

走近了

才顿悟

那隐藏在深处的圣洁

远比裸露在外表的美丽

诱人

只是那夺人心魄的气息

威压得　周围

所有的意识

都在大口地喘息

手抬起

又举起

依然　不忍去触及

只远远地

在心底

不断地升腾起

一阵阵缺憾

而且　愈加膨胀

之后　又渐渐地隐退

最终　只能

无奈地　在梦中

千万次地苦苦守望

本不是一条狗

本不是一条狗

祖上也这么认为

而且　不止一辈

在临终遗言　重申

—— 难怪你这么自信

不像狗的模样

也不曾穿狗的外衣

于是　从心底

你愈加自信

哪里　还有一丁点儿的疑惑

可是　你越发酷似

变色龙

瞅见恶人

一副媚态

不停地摇尾乞怜

遇见衣衫破烂的乞丐

裸露出凶神恶煞的秉性

尤在主子的暗示下

卖力地狂吠　以恫吓正义

不然　混不到

那块难啃的骨头

如此看来

这倒像是在　无奈地

追逐着狗类的信条

相比而言

你似乎不属于狗类

因为狗没有你

这么卑劣　凶险

── 没一点儿忠诚

说到底　你是在为自己

只是你自己不承认罢了

抑或　你早已明知

却在着意掩饰　藏匿

反正　你不是

一条狗

正直的人都有同感

不信　你去问上帝

影子

悄悄地

从我身旁拂过

像春风

遗落花的芳香

我怯怯地品味着

轻轻地

从我眼底消失

像秋实

留下风韵的诱惑

让我不忍吞咽

默默地

与我的思念绝交

像一眼失落的枯井

烙下深刻的记忆

我只能忘情地期待

春风习习

忽然的一缕春风

骤然　吹绿了

一声声唏嘘

田间　顿时

一片惊叹

那些已萎缩

甚至

即将干枯的孱弱的禾苗

扬眉吐气般伸直了腰板

尽享阳光雨露

昔日　那些疯长的杂草

一下子　竟蔫了

对于　它们

无疑是整个冬季的开始

天地有眼

天地间

不是没有眼睛

只是寻常人不在意

从善者

光明磊落

无所谓见与不见

作恶者

心惊胆战

总怕不小心被窥见

铤而走险者

只为潇洒走一回

权当天地无眼不曾见

无非商殇

这是一场富有浪漫与挑战的游戏

不管勇毅与怯懦

成功与失败

都渴望尝试一番

体验一番

这是一片充满诱惑的大海

虽然　有人已经被吞没

有人在呼救

却依然有人在跃跃欲试

全然不顾海的深浅

水的急缓

这是一场漫长而恒久的马拉松赛

没有里程　也没有路标

没有冬夏　也没有白昼

一切全凭自己去竞技

这是一座布满荆棘又铺满鲜花的山峰

每一位登山者都怀抱着太多的希望与贪婪

尽管下山的人情态迥异

但攀缘的艰辛无不铭刻在心

这是一场惊心动魄的厮杀

所有人都绞尽了脑汁　竭尽了全力

尽管看不见刀光剑影　血流成河

但真善美　假丑恶却那么泾渭分明

如水的你

总以为

缠绵凄婉

其实

很少有人领略

狂热的咆哮

为什么

那么讨厌

对邪恶的怒吼

因为传统的舞台上

演奏的

多是淅淅沥沥的乐章

仍然有人

执意把你囚禁成

自己渴望的模样

奔放的秉性

一旦挣脱了羁绊

总是难以自已

多少次

我曾试图

将你塑造成

仁慈的上帝

可是　眼前

激荡的

总是你

对正义的呼号

习惯

总习惯于

隐藏在明镜里

涂抹去自己的疤痕

苛刻地挑剔别人的是非功过

恰恰忽视了那始终沉寂的事实

总习惯于

在蓝天下引吭高歌

不假思索地将鲜花和毒草捧出

在自我陶醉的同时

也启迪同伴

唯独无法改变那依然存在的事实

总习惯于

把希望寄托于未来

也寄托于神灵

却忽视了创造天堂的

依然是自己的事实

总习惯于

将自己囚禁起来

在土坯建筑的茅屋里

自豪地过着丰衣足食的日子

依然　忽视了

外面世界异常精彩的事实

习惯是一潭死水

竟甘愿将自己沉溺

习惯是一首缠绵的小夜曲

有人喜欢自我欣赏

多雾的季节

蓬勃的春天

把多雾的季节　触犯

心也浑浊

情也浑浊

冲淡了久违的意念

岁月匆忙

撒下创业者的足迹

踏出坑坑洼洼的航道

眼前依然

潮涨　潮落

漂流而去的魅力

在颠簸中淌着多难的苦水

风仍嬉戏着柳枝

摇曳着初绽的醉意

张着羞涩的绿嘴

吟着多雾季节的挽歌

把朦胧的幻觉挂在树梢

晃个不休

春野

没有寂寞的云

便没有寂寞的天空

没有寂寞的田野

便没有寂寞的小径

走出寂寞的冬季

便摆脱了无望的困惑

再也记不起

哪一朵云是孕育寂寞的源泉

抓一把鲜嫩的绿叶

寂寞便消失在小径

不要怨恨冬日的寂寞

—— 是纷飞的雪花

唤醒了扬翅的春燕

是凝固的融雪

洗涤了冬眠的原野

火红的六月

刺眼的　何止是沉闷的空气　田野

刺痛的

还有挥汗如雨的菜农

—— 那原本望眼欲穿的

太多夙愿

烤焦的何止是

菜农心中已经褪色的蓝图

还有那滚动在足球场上

被扑出　被越过横梁

擦过门柱的声声叹惋

令人躁动的

是那滚滚而来

又渐行渐远的雷鸣

暴风骤雨过后的惊悸

等待的

不只是

那些　即将获得奖杯的球队

那些　夜不能寐的球迷

那些　想通过足球的旋转

来诠释自己意念的元首

似乎比菜农

更富于想象

更具有远见卓识

对于菜农而言

似乎只有头顶耀眼的太阳

泪水早已模糊了

欣赏足球的意境

——尽管不是滚烫的足球

灼烧了自己的高雅

也只能背对足球

落泪

像那些早已退场的

球员　教练　元首和球迷

似乎这一切都只能摔碎

将梦想重新寄予

未来　那未知的

又一个火红的六月

似乎与文学无关

挑逗不起

对笔下文字的恋情

这时　倒越发感伤了

那些痴情的球迷

——其实　那些进球

抑或那性感的足球宝贝

到底与自己

有多少情愫

以至于癫狂到眩晕

越是这样　倒愈加心碎

尽管　依然不知道

自己的激情　何时　能燃烧

这个火红的六月

2015 年 6 月 3 日

似乎在一夜间
——有感于飞速发展的高速公路

似乎在一夜间

心路驶入美画

似乎在一夜间

心路驶入绿毯

似乎在一夜间

心路驶入彩虹

似乎在一夜间

心路驶入梦境

似乎在一夜间

心路驶入天堂

心愿

　　个体劳动者协会于 1999 年 9 月为亚运
会募捐两千多万元，以此建成的体育馆被命
名为"光彩体育馆"。

每一个赛场

都凝聚着你们的心血

每一根立柱

都竖起我们民族的脊梁

每一个运动项目

都寄托着你们深切的希望

每一场比赛

都包含着你们由衷的祝福

每一次成功

都洋溢着你们胜利的微笑

每一面国旗

都写满你们诚挚的祝福

总以为

总以为自己在疾驰

别人在酣睡

总以为自己忒超前

别人早已落伍

总以为自己是劲松

别人不过是草芥

总以为自己稳操胜券

别人难以超越

总以为自己在流血

别人只不过在流汗

总以为自己输得偶然

别人赢得侥幸

永远的巅峰

——致体育健儿

无奈地撒手

盛誉　骤然

从桂冠的边沿

滑

落

挥挥手

最后的掌声

拆散了昔日征战的

战友　崇拜者

一张风帆

似乎又一次撑起

缓缓地起锚

已奔向又一个赛场

不忍的

不舍的

不愿的

不甘的

似乎都不是重来

是那曾经面对的

宏大的

疯狂的

激昂的

振奋的

一幕又一幕

一场又一场

一次又一次

一份又一份

为了超越

为了不屈

为了尊严

为了荣誉

无畏的

无情的

无悔的

无止境的

巅

峰

夏花之怒放

这个夏日的心情与天气无关，可以无视其存在。

这段日子，其实发生了很多事情。每一件，或多或少，你我可能都有感知、感悟和感动。

和往年一样，随着季节的变化，有一些花在绽放、在盛开，也有很多果子挂满枝头，果香沁人心脾，让人垂涎欲滴。这时，才终于让人感受到，这是夏日，这花是夏之花，这景象竟是这般繁华。

在这百花园中，有三朵争奇斗艳的花。也许你注意了，也许你不曾感受得到，但她们却实实在在在闪耀、在绽放。

她们就是中国女足、女篮，还有大放异彩之中国女排。这三朵金花，不是飞舞在天际，就是穿梭于天地间。每一场都充满了挑战，充满了悬念。都是在命悬一线时，起死回生；在多个回合中，峰回路转；在无数摸爬滚打，伤了又好了的反复缠绕中，赢得了属于自己的掌声。

她们不仅在我眼前飞旋，也在我心中激荡。

她们的存在似乎也与这个季节无关，与天气无关。自然不会因热了、凉了、阴了、晴了而被忽视，被小瞧。

这是空中的太阳，不管你是否仰视依然耀眼。

这是地上的月亮，不管你是否关注依然无眠。

她们是这个夏日盛开的最灿烂的花朵。

她们是这个季节献给我们的盛宴。

即使有眼泪、有汗水，也是对灵魂的浇灌与洗礼，依然朝气蓬勃，依然令人回味，依然令人期待。

她们是这个夏日独有的令人难以忘怀的记忆。

她们是这个夏日值得礼赞的巾帼英雄。

她们是这个夏日尤其不能被无视的搏击者。

这似乎与文学无关，但我还是站在诗人的立场，歌唱这个夏日，让每一次扣杀，每一脚射门都充满魅力，充满希望。哪怕她们的果实不怎么丰美。

今夜，已是凌晨三点，我还是无眠。这段文字，算是我从未邀约的梦呓吧！

尽管，我知道不该在这个时辰，以这种方式，打扰你的梦境。

我不知道，你明晚是否也如我一样无眠？

那么，明年呢？同样，是在夏日，我们又将何以相约？

回首

灯　依旧

在远山的雾里

发出　微亮的呼唤

每一页日历

都画满彩虹

春夏秋冬

雕塑　一尊跋涉者的笑意

也许　有一只脚印

绕过荆棘

然而　所有的信念

都为一个目标　闪烁

即使　在冬夜的寒风里

孤寂 痉挛

远远地回首

流落片片忧伤

句句祈祷

这个

这个时代

时刻在飞旋

意念丛生

狂妄得

似乎只期待

奋发

这个季节

盛开四季花朵

争奇斗艳

陶醉得

似乎只满怀

憧憬

这个金秋

遍地硕果

采撷不暇

欣慰得

似乎只想着

感恩

这座城市

日日变迁

刺激得人

眼花缭乱

似乎只贪图

窃喜

这个号角

无语

威武四射

昂扬得

似乎只渴望

昌盛

独行者

最无奈而最幸运的

是孤寂

最无助而最侥幸的

是驱使

在黑夜里

荒无人烟的沙漠中

你孤身一人

踩着点点星光

踽踽前行

彻骨的寒风

撕裂着你的信念

野兽的肆虐

摧残着你的意志

你跌跌撞撞

将撕裂和摧残

踩在脚下

抛撒在身后

虽然　血迹斑斑

衣衫褴褛　早已

寻不见久违的希望

但是　脚步依旧

—— 因为远方有一盏灯

亮着

尽管　很微弱

依然

让你为之振奋和鼓舞

—— 她是你唯一的希望

无形的鞭子

想起鞭子　眼前

骤然　跳跃出一幅农耕的画卷

—— 田地　牛和挥舞着皮鞭的农人

牛大口地喘着粗气

农人挥汗如雨

田地在脚下蜗牛似的延展

农人心里为金秋的收获喜鹊样的欢喜

在我心扉　无数次升腾起春日的希冀

可至今　也没弄明白

到底是谁　挑亮了我　那盏昏黄的雾灯

想起鞭子

不由得联想起

那些发光的先进　模范和英雄

在他们的头顶　似乎

只有蓝天　白云和明媚的阳光

别样的心灵　如湖水般清澈见底

挥汗亦常常如雨

何止如此　甚至鲜血

也曾汩汩地流淌

使我不得不在心里反复考量

从而认定　这一切似乎与鞭子无关

是信念的支撑和毅力的驱使

想起鞭子

总感觉有一个美轮美奂的幻影

始终在我的周围缠绵

不停地回眸　挑逗

像美丽的仙子　令我春心荡漾

即使　我本能地缩紧了

裸露的头颅　孤单的身躯

甚至　多情的意念

不管　春夏秋冬　白天黑夜

还是被她那双无形的纤手

牵引着　坎坷前行

转眼　便是数年

甚或几十载

无意间　回首

竟然编织出一大片美丽锦绣

可惜　到这时

依旧茫然　懵懵懂懂

不明白　它是否与鞭子有关

想起鞭子

尤其是那条无形的鞭子

其实　即使你不愿想起

它也执拗地存在着

只是看对于牛

抑或是对于农人

比如　像我对文学

就由衷地感恩那无形的鞭子

而且　常常惦念着它的存在与否

不时地　在我心底

为它近乎残忍的驱逐

垂

泪

错过

错过

将永远无法再来

像岁月悄然流逝

不管　曾经是否珍惜

都将遗落满地遗憾

尽管　一再告诫自己

无须忏悔

甭再自责

还是无法排遣

心中的失落

虽然　时刻总在

提醒自己

绝不能再次错过

虽然　之后也很少

有过闪失

可心依然

沉甸甸地悸动

—— 她是一笔永远

无法偿还的陈账

她是一曲伤感的悲歌

她是一部曲折的连续剧

她是一个残缺的故事

—— 回味无穷

她是一剂灵丹妙药

她是一门哲学

她是一段史诗

—— 悠远而深邃

后者

总是追不上前者

尽管　脸憋得通红

　　　　眼早已发绿

　　　　腿早已酸软

　　　　鞋早已跑丢

心底里　还是不甘

打心眼里　还是不悦

—— 其实　压根儿

就没服气过

尽管　总是一步之遥

尽管　总也想不通

然而　还是被

抛在了远方

虽然　绞尽了脑汁

　　　　费尽了心血

　　　　挖空了心思

留给他的

依然是无奈和绝望

然而　依然没有停留

　　　　依然没有后悔

　　　　依然坚毅地

大踏步地往前　迈进

遗落

一

路

悲

歌

快乐的日子

陈旧的记忆

镶嵌在赭黄的风景画里

衍化　艺术的魅力

静寂的冬夜　宿营

温暖似春天的夕阳

标注着万物萌发的历程

辽阔的思绪　无浪

轻盈如云霞

勾勒生活的彩虹

扬帆　夜渡

另一种幸福

受了谁的贿赂

整个四季流淌着苦涩的果汁

最甜蜜的春天

最繁华的秋天

也摆脱不了你的魔力

是哪一位善妒的恋人

薄情积聚成怒涛

如果发烧成痴爱

就不要枯萎了

我一腔期待

是天生的古怪　　慈悲

虔诚的祈祷和野蛮一样遭到冷漠

古铜色俏丽的脸上总是带着

迷茫和不屑一顾

神秘得使我不敢靠近

这红得发紫的球星

自如地玩弄着手中的月亮

迷惑着多少球迷

跑向那激越的赛场

傲慢地带走我童年的太阳

是玫瑰的化身

有着诱人的魅力

扎眼如雄壮的火焰

坚不可摧的冰峰雪岭

也会骤然崩溃

枯死去吧

你那恻隐之心

别再捉弄

让我等到暗淡

柳青之恋

仰慕

凭恩师不经意的打坐

在幼小的生命里

悄然萌生

追寻

似乎是那篇小说

在磕磕绊绊的旅途

姗姗起步

注定

因那无形的牵引

在不经意间

悲戚地斩断归路

拜谒

拨开那片枯草

与同样的崇拜者

虔诚成一束迎春花

鶴舞

221

走着　走着

走着　走着
乌云登录了

走着　走着
夜下线了

走着　走着
太阳隐身了

走着　走着
月亮网恋了

奶山羊之路

何止　是一只羊

孤身走在乡间

它知道　自己

已是一个标志

—— 一座探险者

寻觅航线的灯塔

自己之所以

奋力地

孤傲地

前行

无非　为了将来

有一群

甚至　成千上万的同伴

踩着自己

泣血的足迹

踏出一条

通向富裕的大道

—— 一条健康之路

　　 一条长寿之路

为此　哪怕自己

曾经　如何甘于寂寞

如何饱受猜忌

如何粉身碎骨

长征

一条信念的绳索

有人一旦抓住她

一生都没能松手

直到生命的尽头

一盏信念的明灯

有人一旦拥有她

整个黑暗都会洞开

直到黎明的山口

一座信念的灯塔

有人一旦盯住她

茫茫航线便光芒万丈

直到彼岸的渡口

谁让你是一只羔羊

已不得不躲开了虎穴

还是吃不到一口嫩草

只得蜷缩在寒风里

不停地抽搐　喘息

乌云张开了血盆大口

无疑是又一个帮凶

在祖训里

不曾有一丁点儿慈悲

罪恶的欲望早已生吞

活剥了你的尊严

只留下向苍天哀鸣的无奈

上苍无助地这样劝慰

谁让你投胎成一只羔羊

虽说生性善良　　孱弱

在这个寒秋

注定是贪婪者垂涎的祭品

他们的口水

早已污浊成丑恶

臭气也会将你熏成腐骨

从头再来

似乎我的灵魂

依旧在脚下

延伸着誓言

像奶奶梦呓中

编织的美丽童话

迷惑得我至今

还在傻乎乎地憧憬

爬上爷爷弯弓般

驼背的嘱咐

沿着奶奶沟壑般

沧桑的叮咛

攀登先人那被露水

打湿的意念

激昂地弹奏

那望不到头的音符

一路上有那么多

美景可以赏心悦目

一生中有那么多

大道可以通向奢望

可你不垂涎山珍海味

偏要品尝

那盘怪诞的苦瓜

山峰已无力劝慰

寒冷已沮丧地垂泪

可你依然信任

荆棘的召唤

一味地赞叹

鹦鹉自信地放歌

—— 一切从头再来

迷雾朦胧的夜里

迷雾朦胧的夜里

总有一行

彳亍的步履

醒着

一堆篝火　远远的

似燃烧的久违希望

这希望　无异于

纤夫心头

苦涩的岁月

走近了　才顿悟

亮着的　竟然还是

原来　那丛

红红的刺玫瑰

风景

忘记了黄昏

忽略了潮汐

海风梳理着澎湃的秀发

海水爱抚着坚忍的步履

—— 走向惊涛骇浪

　　走向未来彼岸

不为采拾海贝

不为捕获鱼虾

为了一种追求

曾经为了一种追求

终生都在跋涉

尽管迷雾笼罩

信念始终延伸着誓言

即使险峻　渺茫

倒也悲壮　充实

古老的歌谣

被打扮得五彩缤纷

伴随着青春一起风流

既然已踏上征程

何论彼岸太遥远

闭上眼睛

闭上贫瘠的眼睛

让贪婪与我

擦肩而过

用我的余晖

留下一丁点儿

仅供我

闭上眼睛

寻梦

寻梦　于多彩的原野

秋风　开始收割

我的意念

随叶子一同干枯

是冬夜的北风

囚禁了我的思绪

走过大漠　还是大漠

一个荒芜的游魂

吟着霉烂的挽歌

沿着小河的曲调流逝

重新燃起一盏烛光

寻找　驶向彼岸的渡口

我不是……

我不是闪电

没有击碎天宇的轰鸣

我不是流星

消逝了还拖着迷人的长裙

我不是山间的溪流

有着缠绵不断的感情

我不是一株油绿的冬青

为了一生难舍的恋情

短暂的荣耀

瞬间的诱惑

留下的只是虚幻的记忆

经受不住岁月的历练

无题

乌云在天幕作画

蚂蚁匆忙地在野草间乔迁

狂风一掌又一掌将海浪

拍成碎骨

海燕默默展翅任凭烈日

烧烤喜鹊的夙愿

故宫的屋檐

遮挡了多少血染的尘埃

险峻的华山恐吓过多少

过往的大鹏

岁月望眼欲穿

无所谓悠远　忧伤

往事何等淡定

意念如影子

随风傲立

为了异彩的迎春花

昨日的足迹

翻越了

一座座大山　之后

虽然　目光依旧

在痴痴地仰视

即使　在暮色里

渴望也在山巅　高悬

这似乎已是宿命

其实　早已等在

久违的晨曦里

已不知何时

抑或是这个冬日

眼前弥漫着

各色荆棘与坎坷

一堆篝火

再次点燃了胸中的欲望

脊梁在冰与火之间

反而　愈加坚挺

一群同路人

是因了越发高大伟岸的身影

或是为了早已不再冲动的夙愿

虽然　在心头

不时地清晰了

又模糊了

还是坚信迎春花

甚或四周大片的花蕾

将会次第开放

尽管　不完全明白

这将意味着什么

即使　之后

也许　不会有果实

缀满枝头

歌者

何止以久违的热情

在仲夏

以群蜂采蜜的渴望

投入

是被眼前扑面而来的景象

所诱惑　所折服

还是原本就有艺术潜质

流于笔端的华美诗句

一旦透过纸背

就烙下一行行

见证美丽家园的印迹

洋溢在心头的喜悦

由不得　歌者

情不自禁地　甩起了

长袖　心愿

划过雨后一道道彩虹

在山坡上

在田野间

在巷道里

一起为当下

也为未来

深情地讴歌

—— 歌声悠扬

　　妙笔生花

天地宽

甲午年早春 ◇◇书

向好与高歌

原本可以有多种选择

原本可以有多条坦途

原本可以有多样生活

原本可以有更多憧憬

也许　就因为那段历史

也许　就因为那个情节

也许　就因为那个故事

也许　就因为那个夙愿

无数次缠绕

无数次纠结

无数次回避

无数次回绝

可是　绕来绕去

即使　思前想后

越是　推来推去

哪怕　死去活来

是鬼使神差

还是魂牵梦绕

终究　还是

迷迷瞪瞪

踏上了这一征程

无意间　回眸

刹那间　顿悟

自己曾经为何

竟如此　义无反顾

曾经　即使如今

自己依然一无所求

更无贪图

只是隐隐感觉有一种责任

似乎应该有一点点担当

因为　前面已有那么多人

都撸起了袖子

手挽起了手

前赴后继　接踵而至

不管个中滋味有多艰涩

到头来有没有退路

一旦扎进这沃土

就由不得后悔

四季更替　酷暑严冬

压根容不得停歇

树

枯了

又

荣了

月色

朦胧了

又清亮了

你的指望

时而　哭了

时而　笑了

太阳残忍地晒瘦了你的脸颊

又怜惜地照亮了你的梦想

曾经

被砍倒的田地

一夜间　又欢快地

挺直了脊梁

矗立成一排高傲的希望

因为　金灿灿的秋实

已源源不断地前往海内外

因为　新产品的研发

又传来新的捷报

似乎不需要谁鼓动

你已占尽了风头

政府　刚刚倡导

你已傲立枝头

无疑

这是　奋进的力量

这是　带动的作用

各大媒体竞相报道

各个村镇表彰了　又奖励

总书记的寄托

党的期望

汇聚成奔腾的金光大道

承载着祖辈的美好夙愿

一路　大步前行

幸福而欣慰

人人向好

村村高歌

岂止如此

家乡的春风已

吹向远方

不一样的梦境

同样的红火

真可谓

富平的柿子　富四方

这是号角

更是奔向小康之路的期望

啊　这七十年

七十年仿佛已是过往

　　却历历在目

七十年像是一场惊心动魄的梦

　　光彩而夺目

七十年前贫瘠得似乎只有一腔热血

七十年后拥有的却不只是一身豪气

七十年前似乎还在奔走追寻

　　不知走向何方

七十年后梦已成真

　　依然志存高远

七十年太凄苦

　　老有跨越不完的险滩

七十年太悲悯

　　总有流不尽的血汗

七十年如眨眼间一样短促

　　还没回过神　幸福竟已扑入怀中

七十年前寄予了太多的期望

七十年后的成就却举世瞩目

七十年成果太丰硕

　　华章在笔端总也流淌不尽

七十年的光辉历程

　　不是人人都能见证

七十年的巨变

　　却令每个人惊叹

七十年哟

　　奇迹天天有　惊喜日日创

七十年啊

　　人人在高歌　行行在雄起

扶贫

似一座高山

矗立了数千年

祖祖辈辈都在攀登

磨秃的　不只是手中的钢钎

还有挂在山谷的余晖

似一条漫漫长路

迂回了几万次

依旧　在眼前

弯了　窄了

蜿蜒而去

总也走不到尽头

似一路大军

巨龙般携手并肩

浩浩荡荡

像群蜂样忙碌

一心扶弱

奔涌向前

似一种信念

从建党时树立

一心为民

帮这个　又帮那个

何止　千万

终于无愧告慰

幸福路上一个不掉队

似一种标志

只有这个时代

唯有这个政党

彰显兄弟情谊

齐步迈上康庄大道

魂牵梦萦的宝贝

绝非　一时兴起

其实　早有预感

倏忽间

顶着繁星

急不可耐地

飞身跃起

于是

穿过厚厚的云层

拨开

星际间的尘埃

掠过

曾经迷倒无数英豪的女子

即使　是天上的嫦娥

人间的西施

都视而不见

无畏地跨越

几千光年

只为寻觅

那令我一生

魂牵梦萦的宝贝

当拥有的那一刻

心中骤然升腾起一座大山

压着　拦着

令我　窒息

尤其　渐渐亭亭玉立

多才多艺那阵

更让我癫狂

以至于　惧怕

担心　你

听到我喘息的声响

从而　愈发小心地呵护

几乎天天都在祈求

寒风不再凛冽

天不再电闪雷鸣

海不再涌起巨浪

世间　将不再有歧视

尽管　我深知

这是妄想

这是幼稚

却依旧痴痴地等待

一遍又一遍地祈祷

最后　还是　只能

无奈地指望

你能自强　自卫

即使　有我

这样竭尽全力地保护

当某一天

我遗憾地离去

背后肯定还是一路牵挂

启航

无意于追忆

是在哪一代

抑或应该

在哪一辈扬帆

这一愿望

似乎早已怀有

也许　早已启航

只是没有明显信号

是埋怨权衡得太久

还是想起得太晚

赶上这一新纪元

仿佛愈加向好

似乎已不是一代

至少　　是两代人

甚至　　更多

绝非异想天开

而是势在必行

尽管　　天

时阴时晴

路　　亦

时窄时宽

雷电　　亦

不止一次

撞击着如初的梦想

寒风　　依旧

一拨又一拨

恣意挑衅着

偶尔脆弱的使命

帆已被海风

撕裂成一面面旗帜

飞扬的呼啸

已是冲锋的号角

不管前辈的足迹

踏过多少带血的旅程

后辈的脚底

注定模糊了荆棘

从来没有像当下

这般迫切

一股劲风

唤醒

千帆竞发

前方　一片生机盎然

身后洒满　一路惊叹